LA PETITE BLANCHISSEUSE

Série C.

LA PETITE BLANCHISSEUSE

PAR

MARIE LAUBOT

PARIS

LIBRAIRIE GEDALGE

RUE DES SAINTS-PÈRES, 75

LA PETITE BLANCHISSEUSE

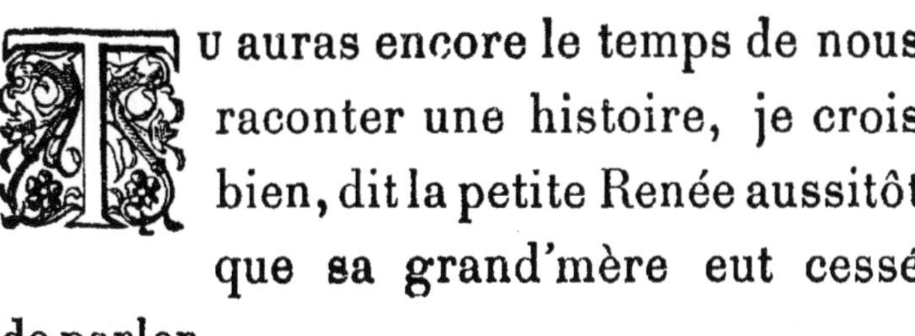

u auras encore le temps de nous raconter une histoire, je crois bien, dit la petite Renée aussitôt que sa grand'mère eut cessé de parler.

— Mais c'est que je n'en sais plus.

— Si, cherche bien dans ta mémoire.

— Je vais vous raconter celle de Lise, la petite blanchisseuse.

« La mère Martin était une grande travailleuse; malheureusement, elle avait un mari qui n'était pas raisonnable et qui le samedi buvait souvent avec des soi-disant amis tout l'argent de sa paye, de sorte que le ménage était gêné et que plus d'une fois il avait fallu se coucher sans souper.

« La mère Martin n'était pas vieille, mais elle était si peu coquette que la manière dont elle s'habillait la faisait paraître beaucoup plus âgée qu'elle n'était.

« Les Martin avaient quatre enfants : Lise, l'aînée, avait neuf ans, son frère Pierre en avait sept, Jean en avait cinq et la petite Marie allait en avoir trois.

« La mère Martin était blanchisseuse.

« C'est un dur métier ; l'hiver, l'eau est bien froide, les mains se gercent et se crevassent ; mais l'été, la chaleur du fer vous brûle et vous dessèche.

« Lise aidait sa mère autant qu'elle le pouvait ; elle faisait la cuisine, soignait sa petite sœur et, montée sur un banc, repassait les mouchoirs, les bas, toutes les choses faciles. Elle reconnaissait très bien le linge de chaque client et aidait à faire les paquets.

Lise, montée sur un banc, repassait les mouchoirs.

« — Ce sera une fameuse ouvrière, » disait sa mère.

« Hélas ! elle le devint plus vite qu'elle ne l'aurait voulu.

« Un jour d'hiver, la mère Martin étant partie au lavoir avec une plus grosse charge de linge que de coutume, avait demandé à son mari de venir au-devant d'elle pour l'aider à le rapporter.

« Lise avait entretenu le feu afin que sa mère pût se sécher quand elle rentrerait ; elle avait fait manger la soupe à sa petite sœur qui tombait de sommeil, l'avait couchée sur le lit, et elle regardait avec anxiété l'horloge qui marquait sept heures.

« Sa mère rentrait habituellement à six heures.

« — Elle aura attendu papa, » pensa-t-elle.

« Cependant le temps s'écoulait et personne ne rentrait.

« — Je vais aller au-devant de maman, dit-elle à ses frères. Amusez-vous bien gentiment, ne réveillez pas votre petite sœur, je ne serai pas longtemps. »

« Par précaution, elle remonta la

lampe dans la suspension, mit un grillage autour du fourneau et partit.

« Il était tombé une petite pluie fine qui avait gelé au fur et à mesure, et il faisait un verglas à ne pas tenir debout.

« Heureusement l'enfant était en chaussons, elle put avancer quand même.

« Tout à coup, en tournant l'angle de la rue qui la mettait sur le quai, elle vit un grand rassemblement; elle allait passer quand il lui sembla reconnaître la voix de sa mère dans cette foule.

« Elle avança, se faufila.

« C'était bien sa mère qu'elle avait entendue; la pauvre femme gisait à terre, sa charge de linge éparpillée dans la boue ainsi que son savon, sa brosse et son battoir.

« — Maman, maman ! s'écria l'enfant, où as-tu mal? est-ce que tu es blessée ?

« Pourquoi ne te relèves-tu pas?

« — Hélas ! il me semble que j'ai le pied

cassé tant je souffre, et le bras me fait plus mal encore. »

« Un agent s'approcha, s'informa de la cause du rassemblement et, comme on était très près de chez le commissaire de police, envoya chercher le brancard pour y déposer la blessée afin de la reconduire chez elle.

« Lise, pendant ce temps, avait soigneusement ramassé tout le linge, mais elle avait constaté avec chagrin qu'il était souillé de boue et qu'il faudrait recommencer à le laver.

« Le brancard arriva, on y déposa Mme Martin ainsi que le linge et tous les ustensiles de travail, et le triste convoi prit, sous la conduite de Lise, le chemin de la maison.

« La concierge poussa les hauts cris lorsqu'elle vit arriver le brancard ; comme c'était une bonne femme, elle s'offrit pour aller chercher le médecin, et quand celui-ci arriva, Lise, avec l'aide d'une voisine, avait déshabillé et couché sa mère.

« Le docteur examina soigneusement la patiente, déclara qu'heureusement il n'y avait rien de cassé, mais que le pied droit et le poignet droit étaient foulés et contusionnés, que la tête avait aussi porté, et qu'il faudrait au moins six semaines de lit.

« Il banda la malade, ordonna des calmants et prit son chapeau, promettant de revenir le lendemain.

« Comme il partait, on entendit un pas lourd et mal affermi dans l'escalier.

« C'était Martin qui revenait; le malheureux était ivre et se tenait à peine debout.

« — Vous n'avez pas honte de rentrer dans un état pareil! lui dit le docteur, et votre pauvre femme qui a manqué se tuer. »

« L'ouvrier n'était pas un méchant homme au fond; il aimait sa femme et ses enfants, mais il était faible de caractère et se laissait facilement entraîner par les mauvais camarades.

« Surpris de voir tant de monde chez lui, il se dirigea vers le lit et, quand il vit sa femme pâle, défaite, la tête enveloppée dans des linges, il se dégrisa subitement, fondit en larmes en s'écriant :

« — Ma pauvre Françoise, ma pauvre Françoise, qu'est-ce que nous allons devenir !

« — Allons, vous êtes un homme, lui dit le docteur, ne pleurez pas ainsi ; votre femme a besoin de soins, remettez-vous pour être en état de les lui donner. »

« La blessée s'assoupit et la voisine regagna sa mansarde en offrant de passer la nuit si cela était nécessaire, puis elle emmena la plus jeune des enfants afin de faire un peu de place.

« Les pauvres gens s'aident entre eux, car ils savent qu'ils ont toujours besoin les uns des autres.

« Les deux petits garçons étaient immobiles dans un coin, on les avait complètement oubliés.

« — J'ai faim! s'écria tout d'un coup le petit Jean en gémissant.

« — Tais-toi, ne réveille pas maman, je vais mettre le couvert, la soupe est cuite depuis longtemps; aussitôt que nous aurons mangé, Pierre ira chez le pharmacien faire préparer l'ordonnance. »

« Lise trempa promptement la soupe, sortit les légumes et le petit morceau de bœuf de la marmite, coupa à chacun sa part de pain, posa un restant de bouteille de vin devant le père, et après s'être assurée que sa mère dormait toujours, vint prendre sa part du modeste repas.

« On ne fut pas longtemps à table, du reste, et Pierre se hâta afin d'aller chez le pharmacien.

« Il revint bientôt en disant: « Il y en a pour trois francs, on ne veut pas me donner les médicaments avant d'avoir d'argent. »

« Martin fouilla dans toutes ses poches et ramena une pièce de deux francs échappée par miracle au marchand de vin.

« — Tiens, dit-il à Pierre, porte cela à ton marchand de drogues et dis-lui qu'il nous donne le plus pressé, demain je demanderai au patron de me faire une avance et on prendra le reste. »

« L'enfant descendit encore une fois, et bientôt il revint apportant l'ordonnance au complet.

« Le pharmacien était un brave homme; il s'était fait raconter l'accident arrivé à la mère Martin, pendant qu'on préparait la potion, et il dit à l'enfant :

« — Emporte tout, tu m'apporteras les vingt sous quand ta mère ira mieux. »

« Puis, comme l'enfant avait un gros rhume et qu'il toussait beaucoup, il lui avait mis dans la main un cornet de pastilles au miel.

« La mère s'éveillant, on lui administra

une cuillerée de la potion calmante, le père la soulevait doucement pendant que Lise la faisait boire, puis on la reposa sur ses oreillers.

« — Ce qui me désole, dit la blanchisseuse, c'est que j'avais promis à Mme Duchemin, ma plus grosse pratique, de lui porter demain deux douzaines de couches, quatre langes et six tabliers; vois ce qui n'est pas sali, ma pauvre Lise, et tâche d'en préparer le plus possible. »

« La petite fille examina le linge pièce à pièce et vit que les tabliers et les langes étaient intacts; par exemple il y avait à peine une douzaine de couches qui ne fussent pas souillées de boue.

« Lise étendit le linge, regarnit le poêle et ayant mis chauffer de l'eau, elle entreprit de relaver les couches.

« Les petits frères s'étaient déshabillés et dormaient profondément.

« Le père, ne voulant pas déranger sa femme, était allé s'allonger sur le lit de fer de sa fille, dans le petit cabinet qui lui servait de chambre.

« Il avait été convenu que Lise le réveillerait à deux heures et qu'il la remplacerait auprès de la malade.

« L'enfant lava les couches, les étendit et, constatant que les autres étaient presque sèches, elle les ôta de la corde, les détira, les plia et les posa sur la table, puis elle fit chauffer les fers et repassa les petits tabliers.

« Sa mère s'était éveillée plusieurs fois, elle avait beaucoup de fièvre et ne se rendait pas un compte exact de ce qui se passait autour d'elle.

« Elle prenait docilement ses cuillerées de potion et retombait dans sa somnolence.

« Quand deux heures sonnèrent, Lise alla pour réveiller son père.

« Il dormait si profondément qu'elle n'y put parvenir; elle revint alors dans la chambre et, s'installant tant bien que mal dans un vieux fauteuil, elle s'endormit à son tour.

« Vers les quatre heures, le père s'éveilla, entra tout doucement et administra à la malade une cuillerée de potion.

« Quelque soin qu'il eût pris de ne pas faire de bruit, la petite garde-malade fut sur pied instantanément.

« — Pourquoi ne m'as-tu pas éveillé à deux heures comme nous en étions convenus, fillette ? dit le père.

« — J'ai essayé, mais tu n'as pas bougé.

« — Va te coucher jusqu'à six heures, j'aurai soin de ta mère. »

« A six heures, tout le monde fut sur pied, Lise ralluma le feu, fit la soupe et le père partit en promettant de rapporter de l'argent le soir.

« La voisine vint ramener la petite Berthe qui pleurait et ne voulait plus rester avec elle.

« — Si vous voulez bien garder maman une demi-heure, dit Lise, je vais faire le paquet de Mme Duchemin et le lui porter en conduisant mes frères à l'école.

« — Je veux bien, mais les tabliers ne sont pas repassés.

« — Si, madame, ce n'est pas si net que quand c'est maman, mais enfin cela peut aller. »

« Les trois enfants partirent, Lise portant son petit paquet fièrement.

« Elle arriva chez sa pratique qui, étant fort occupée, lui parla à peine, se contenta de lui remettre un nouveau paquet de linge très pressé et 1 fr. 80, montant de ce qu'elle rapportait.

« Quand Lise eut l'argent dans la main, elle fut très perplexe

« Elle pensait qu'on avait promis au pharmacien de lui porter les vingt sous qu'on lui devait, et d'un autre côté elle pensait aussi qu'il n'y avait plus ni sucre ni pétrole à la maison et que l'épicier ne voulait plus rien donner à crédit.

Lise trempa promptement la soupe. (P. 13.)

« Cependant elle prit une grande décision et résolut de payer le pharmacien.

« — Il faut avant tout que maman soit bien soignée, dit-elle, et s'il allait refuser les nouveaux médicaments que le médecin commandera probablement, qu'est-ce que nous deviendrions ? »

« Elle se hâta, tourna le bouton de la porte de l'officine et, se dirigeant vers la caisse, elle y déposa la pièce de un franc en disant :

« — Voici, monsieur, ce que nous redevons sur l'ordonnance d'hier soir pour Mme Martin. »

« Le pharmacien était un brave homme, il regarda l'enfant avec attendrissement, et lui rendant la pièce, il lui dit :

« — Garde ton argent, mon enfant. Le docteur m'a expliqué votre situation, je vous ferai la remise que je fais aux bureaux de bienfaisance, bien que vous n'y soyez pas inscrits.

« — Ah ! monsieur, dit l'enfant en joignant les mains, comme vous êtes bon et comme je vous remercie! Avec cet argent, je vais pouvoir acheter du sucre et du pétrole. »

« Elle remonta lestement les cinq étages, pensant qu'elle avait été bien longtemps et que la voisine devait commencer à s'impatienter.

« A la vue du paquet de linge qu'elle apportait, sa mère lui dit :

« — Comment allons-nous faire pour ne pas mécontenter les pratiques?

« — C'est bien simple, je ferai comme toi, je porterai le soir le linge à couler au bateau, j'irai le laver le lendemain et je repasserai à la maison.

« — Mais tu es trop petite, ma pauvre Lise, tu n'arriveras jamais à la hauteur des baquets. Et puis tu ne pourras pas rapporter le linge mouillé, c'est trop lourd.

« — Papa me le portera.

« — Ton père!

« — Oui, tu verras, maman, il a tant de peine de te voir malade, qu'il va devenir raisonnable j'en suis sûre.

« — Je le souhaite, et si mon accident devait amener un pareil changement, je ne le regretterais pas; mais j'ai du linge au séchoir, comment l'aller chercher?

« — Donnez-moi votre clé, madame Martin, je vous le rapporterai en même temps que le mien, ce soir, dit la voisine; Lise portera ses paquets à couler, je vais la recommander à la patronne du lavoir; vous verrez, tout ira bien. »

« Le docteur revint à dix heures; il trouva la malade aussi bien que possible, recommanda l'immobilité la plus complète, et qu'on évitât autant que possible de la faire trop parler; il ajouta qu'on pouvait lui donner du lait et du bouillon.

« Lise était bien heureuse que le docteur eût trouvé sa mère aussi bien. Avec l'insouciance et l'ignorance des enfants, il lui semblait que dans quelques jours sa mère trotterait comme par le passé.

« Elle se mit à nettoyer la chambre et à préparer le déjeuner, en attendant que la voisine lui rapportât le linge sec.

« Ce qui lui donnait le plus de mal, c'était la petite Berthe, elle voulait constamment monter sur le lit pour embrasser sa mère.

« Elle traînait sa petite chaise auprès du lit, montait dessus et tirait les couvertures en criant :

« — Maman, maman, prends-moi à côté de toi.

« — Petite mère a bien mal, lui disait Lise en la forçant à descendre, il faut la laisser tranquille.

« — Je ne veux pas que maman soit malade, disait Berthe en pleurant, je veux monter à côté d'elle. »

« La concierge qui nettoyait les escaliers frappa à la porte, entra et, après avoir demandé des nouvelles de Mme Martin, offrit à Lise de se charger de Berthe.

« — Elle jouera dans la cour et sera mieux qu'ici. Je la soignerai bien, vous pouvez être tranquille. Veux-tu venir avec moi, petite Berthe ?

« — J'aimerais mieux rester avec maman, répondit l'enfant; mais, puisque grande sœur dit que je la fatigue, je veux bien aller avec vous, mais pas pour tout à fait.

« — Sois tranquille, tu monteras tous les jours voir ta maman, et quand elle sera guérie, eh bien ! tu reviendras. »

« L'enfant partit donc avec la concierge, et dans l'escalier on entendait sa petite voix qui parlait sans arrêter.

« — Tout le monde est vraiment bien bon pour nous dans la maison, dit Mme Martin.

« — Oui, maman, mais tu es toujours bien complaisante pour notre voisine et tu as bien souvent fait une partie de l'ouvrage de la concierge, quand elle était si malade de ses rhumatismes.

« — Tu vois, mon enfant, que le proverbe a raison quand il dit qu'un bienfait n'est jamais perdu. »

« La voisine revint avec le linge, et Lise constata avec peine qu'il y avait des chemises d'homme qu'elle serait incapable de repasser; les chemises de femme, les camisoles, les pantalons, les mouchoirs et les serviettes, cela n'était pas difficile, mais le linge empesé, c'était autre chose.

« — Tout peut s'arranger, dit la voisine qui était une ancienne repasseuse, mais qui, mariée aujourd'hui au contremaître d'un atelier de serrurerie, ne blanchissait plus que son linge personnel. Vous me permettrez de venir repasser mon linge chez vous, et en échange de l'économie de feu que je ferai, je repasserai ce qui sera trop difficile pour Lise. »

« Mme Martin remercia la voisine, et

l'après-midi on travailla sans relâche.

« Lise était rouge comme une cerise, elle était montée sur un petit banc et appuyait avec son fer de toute la force de ses bras grêles.

« Vers sept heures, on entendit les pas du père; le cœur battait bien fort à notre petite amie. Son père aurait-il tenu sa promesse?

« Oui, il l'avait tenue, il avait été sobre et il rapportait six francs, le prix de sa journée.

« Il alla près de sa femme, s'informa de la façon dont elle avait passé la journée et décida qu'il la veillerait cette nuit-là, afin que Lise pût se reposer.

« L'enfant ne s'était pas assise une minute depuis deux jours; ses petits pieds étaient enflés de fatigue.

« Le jour suivant, elle repassa encore une partie de la journée, puis le lendemain elle mit ses vêtements les plus propres et partit reporter le linge chez les clients.

« Il lui fallut faire plusieurs voyages, car elle ne pouvait pas porter de gros paquets !

« Ta mère est donc malade, que te voilà toute seule? lui disait-on.

« — Elle a seulement un peu mal au pied, disait l'enfant qui redoutait de perdre la pratique, elle viendra probablement la semaine prochaine. »

« L'enfant savait bien qu'elle altérait la vérité, mais elle pensait qu'elle était excusable en raison de l'intention.

« Pendant six semaines, son zèle et son ardeur au travail ne se ralentirent pas un instant, son père lui portait le linge au lavoir et venait le rechercher.

« Les laveuses, émerveillées du courage de l'enfant, lui venaient en aide de toutes les façons; on lui tordait les draps, on lui faisait son eau de bleu, enfin elle était l'enfant du lavoir

« Une chose l'inquiétait cependant, il lui avait fallu interrompre ses classes :

son père n'avait pas prévenu à l'école comme il aurait dû le faire, et elle se demandait ce qui en arriverait.

« La directrice vint au bout de la première quinzaine pour s'informer de sa petite élève, dont elle avait maintes fois remarqué l'intelligence et la gentillesse.

« — Pourquoi n'es-tu pas venue me dire que ta mère était malade, petite Lise ? Je serais venue la voir et lui apporter des confitures, des fruits.

« Sais-tu que tu risquais de faire mettre tes parents à l'amende ?

« — Oh ! madame, moi je n'avais pas le temps, et papa part de trop bonne heure et revient trop tard pour passer à l'école.

« — Ton père sait écrire, je suppose ; il n'avait qu'à m'envoyer un mot.

« — Personne n'y a pensé, mais je suis excusée, n'est-ce pas, madame, mes parents ne seront pas tourmentés ?

« Mes deux frères vont tous les jours

à l'école et moi je reprendrai aussitôt que maman sera guérie.

« — Sois tranquille, Lise, je me charge de tout et je viendrai vous voir tous les dimanches. »

« Quand la mère se leva pour la première fois au bout des six semaines, elle était si faible qu'elle put à peine gagner le fauteuil qui était auprès de la fenêtre, bien qu'elle fût soutenue par son mari et sa voisine.

« Il lui semblait que tout tournait autour d'elle.

« Il lui fallut près de quinze jours avant d'être complètement remise, de descendre les escaliers et de reprendre son ouvrage.

« Pendant ces sept semaines, Martin ne se dérangea pas une seule fois et rapporta sa paie intacte.

« Quand on lui faisait des compliments de s'être corrigé de boire, il disait en embrassant Lise :

« — Voilà le petit docteur qui m'a guéri; le courage, le dévouement de cette enfant comparés à ma conduite m'ont donné une telle honte que j'ai résolu de ne plus retomber dans mes fautes passées et j'ai tenu ma promesse, cela a même été moins difficile que je ne l'aurais cru. »

« Tout le monde dans le quartier s'est intéressé à la petite blanchisseuse, et la mère Martin a maintenant tant d'ouvrage qu'il lui a fallu prendre deux ouvrières. »

LE PETIT MARCHAND DE CHIFFONS'

Si je n'ai pas connu le héros de l'histoire que je vais vous conter, votre grand-père s'en portait garant, mes chers enfants.

« Quand il habitait la Ferté-sous-Jouarre, on avait l'habitude de mettre de côté les chiffons, les papiers, les os, les vieilles ferrailles, les boîtes à sardines vides, les peaux de lapin, et tous les mois il passait un vieux bonhomme dans une petite charrette à moitié démolie, traînée par un vieux cheval gris.

« Le bonhomme s'arrêtait devant la

maison, descendait de sa carriole, considérait gravement tous les objets qu'on amoncelait devant lui, et se décidait à en offrir généralement un franc.

« Alors la bonne et le petit domestique criaient qu'il y en avait au moins pour trois francs ; on se disait des sottises, le vieux remontait dans son équipage, la bonne, furieuse, repoussait tout pèle-mêle sous le hangar et se disposait à rentrer dans la maison, quand la voiture s'arrêtait et la voix glapissante du marchand criait :

« — Je vous offre trente sous, mais c'est dix sous que je perds.

« — Trente sous ! reprenait le petit domestique, vous ne voudriez pas, ça ne paierait pas la moitié du temps que nous avons mis à réunir tout cela ; les quatre peaux de lapin valent un franc à elles seules.

« — Voyons, donnez deux francs et que ça finisse, reprenait la bonne, ça fera un franc pour chacun, ce n'est pas de trop. »

« Le vieux tirait alors une bourse de cuir à coulisses; elle avait dû être verte dans son jeune âge, mais il y avait si

longtemps de cela qu'on s'en doutait à peine; il en sortait péniblement vingt gros sous qu'il comptait plutôt deux fois qu'une, et alors se mettait avec une vivacité étonnante à empiler tout dans la petite voiture.

« Il fallait même faire très attention,

car il y mettait quelquefois des objets qui ne faisaient pas partie du lot payé.

— Mais ce n'était pas un honnête homme, ton vieux marchand de chiffons, grand'mère ?

— Je ne vous ai pas dit que c'était un modèle de délicatesse ; mais le pauvre homme croyait sincèrement faire acte de bon commerçant en agissant ainsi.

« Tout à coup, il cessa de venir ; un mois, deux mois se passèrent sans qu'on revît le vieux marchand.

« La mère de votre grand-père, ennuyée de voir ce monceau d'ordures toujours grossissant sous le hangar, déclara que si on ne trouvait pas à le vendre dans la huitaine il faudrait faire tout porter à la décharge publique.

« Deux jours après, une charrette traînée par un garçon de dix à douze ans s'arrêta devant la maison.

« — Je suis le petit-fils du père Constant, dit-il, d'un air sérieux, et je viens pour acheter les chiffons.

« — Ton grand-père est donc malade?

« — S'il n'était que malade ! mais il est mort !

« — De quoi est-il mort?

« — Ah ! voilà ! Est-ce qu'on sait? Mais où est votre tas de chiffons?

« — Le voici là. Si tu étais passé seulement demain, dit la bonne, tu n'aurais plus rien trouvé, Madame voulait qu'on jette le tas à la décharge.

« — Alors, cela vous gênait.

« — Non, ça nous était bien égal, mais cela dégoûtait Madame de voir ces tas d'os et ces vieilles peaux de lapin desséchées, dit le petit domestique.

« — Alors combien que vous allez me donner pour vous en débarrasser ?

« — Elle est bien bonne, celle-là, dit la bonne, il est encore plus fort que son grand-père !

« — Mais songez donc, mademoiselle,

que je suis très malheureux ; les quelques sous que nous avions ont été dépensés pour soigner mon grand-père, il a fallu vendre le cheval pour payer le propriétaire, et c'est moi, maintenant, qui suis forcé de traîner la voiture. Aussi je ne peux pas aller dans la moitié des endroits où allait mon grand-père ! et je gagne à peine de quoi manger du pain.

« — Allons ! pleurnichard, prends tes chiffons, tes os et tes peaux de lapin, et file vite, dit le domestique. »

« On l'aida à charger sa voiture, et quand il fut dans les brancards, il se retourna et dit à la bonne :

« — Vous continuerez toujours à me mettre vos chiffons de côté, n'est-ce pas ?

« — Un vrai type, dit la bonne ; nous pouvons toujours lui mettre de côté ce qu'il nous demande, cela ne nous gênera pas beaucoup. »

« Le petit-fils du père Constant revint

le mois suivant, il était accompagné d'un chien.

« — Tu as de la société? lui dit-on.

« — Oui, c'est un chien que j'ai trouvé, il était blessé, je l'ai soigné et il n'a plus voulu me quitter. Je suis bien content de l'avoir, car je m'ennuyais ferme depuis que j'étais seul. Tenez, mademoiselle, voici un porte-monnaie que j'ai acheté à votre intention, voulez-vous me faire le plaisir de l'accepter?

« — Certainement, dit la domestique ravie.

« — Le mois prochain, j'apporterai quelque chose pour vous, » dit-il au domestique.

« Puis il se hâta de charger sa voiture et disparut suivi de son chien.

« — Quel drôle de garçon que ce petit bonhomme, est-il intelligent! dit la bonne en le regardant s'éloigner.

« — N'empêche pas qu'il nous enjôle, dit le petit domestique, et que c'est nous qui sommes les dupes; il emporte au moins pour deux francs de marchandises et il prend des airs de générosité pour vous donner un porte-monnaie de quatre-vingt-quinze centimes au plus.

« — Qu'est-ce que cela nous coûte de mettre de côté ces os et ces chiffons, rien du tout, et cela le fait vivre, ce garçon.

« — Continuez si vous voulez, mam'zelle Madeleine, moi, je ne m'en occupe plus. »

« Madeleine se mit à réfléchir et trouva qu'au fond Pierre avait raison.

« — Sais-tu, lui dit-elle, nous allons continuer à mettre toutes les vieilleries de côté, seulement nous les vendrons à l'autre marchand qui passe quelquefois, le petit Constant sera bien attrapé et cela lui servira de leçon.

« — C'est une idée, mam'zelle Madeleine. »

« Et nos compagnons firent comme ils l'avaient dit; quand le marchand passa, ils lui vendirent tout le tas.

— Oui, c'est un chien que j'ai trouvé. (P. 39.)

« Ils eurent beau disputer, batailler, ils n'en tirèrent que deux francs : c'était le tarif, paraît-il.

« Deux ou trois jours après la vente, le petit Constant revint.

« Il avait attelé son chien à sa carriole et marchait triomphalement à côté.

« — Tu viens trop tard, mon garçon, lui dit Pierre, il est passé un marchand il y a deux jours, et comme Madame n'aime pas voir ces tas d'ordures, comme elle dit, et que nous ne savions pas quand tu reviendrais, nous avons tout vendu.

« — C'est fâcheux pour moi, monsieur Pierre, je serai moins longtemps une autre fois ; tenez, voici le porte-allumettes que je vous avais promis. »

« Pierre fut honteux.

« — Non, mon garçon, garde-le, puisque tu n'emportes rien.

« — Si, si, monsieur Pierre, gardez-le, vous me feriez de la peine en me le refusant, dit le petit marchand d'un air digne. »

« Madeleine, qui aimait beaucoup les animaux, apporta une bonne pâtée au chien, et, quand l'animal eut tout mangé, Constant et son attelage s'en allèrent.

« — C'est égal, dit Pierre, il arrivera à quelque chose, ce gamin-là ; avez-vous vu, Madeleine, quel geste il a eu quand il m'a dit : « Gardez-le, monsieur Pierre ! » je me sentais tout gêné.

« — Qu'est-ce qu'il peut bien faire de tous les débris qu'il emporte? demanda la bonne.

« — J'ai entendu dire à Monsieur qu'avec les os on fait du noir animal qui sert dans le raffinage des sucres et dans la préparation des couleurs; les chiffons de coton un peu grands sont vendus dans les usines pour le nettoyage des machines. Les chiffons de laine sont effilochés et servent à refaire des étoffes à bon marché. Ce qui est trop mauvais fait de l'engrais.

« — Je croyais que les chiffons de coton servaient à faire de la pâte à papier?

« — Autrefois oui, mais maintenant on fait surtout du papier avec des plantes, de la paille, du bois même, et le chiffon est peu employé.

« — Mais avec les boîtes à conserves et les boîtes à sardines, qu'est-ce qu'on peut bien faire?

« — Des jouets d'enfants; vous savez, Madeleine, ces petites voitures de fer-blanc à vingt-cinq centimes, c'est coupé à l'emporte-pièce dans les vieilles boîtes à conserves, et puis bien d'autres choses que je ne me rappelle pas.

« — Alors on a raison de ne rien jeter, tout sert.

« — J'ai entendu raconter à Monsieur qu'il avait été une fois visiter une cité de chiffonniers et qu'il avait vu une bizarre utilisation des vieilles boîtes à sardines. On les avait emplies de terre et elles avaient servi de briques pour la construction d'un petit mur.

« — Ça, c'est vraiment ingénieux. »

« Trois semaines plus tard on vit revenir le petit Constant; il était triste; c'est lui qui tirait la voiture et le chien marchait à côté de lui.

« — Eh bien! lui dit Pierre, ton chien ne travaille donc plus ?

« — Ne m'en parlez pas, on a voulu me dresser un procès-verbal pour avoir attelé mon chien : à ce qu'il paraît, je n'en ai pas le droit.

« — Oui, je l'ai déjà entendu dire, on ne peut atteler que les chevaux, les ânes et les mulets. Les chiens ne peuvent être employés qu'à la chasse et à la garde des maisons.

« — Je ne croyais pas rendre mon chien malheureux, je traîne bien la voiture, et lui est au moins aussi fort que moi; enfin, comme disait grand-père, quand c'est la loi qui parle, on doit obéir. Vous m'avez gardé vos chiffons, cette fois-ci, hein, les camarades?

« — Oui, mon gars, et voici un pantalon

et une veste que Madame m'a donnés pour toi, dit Madeleine, ainsi que ces trois paires de chaussettes.

« — Vous avez vraiment de bons maîtres, mademoiselle Madeleine, vous les remercierez bien pour moi ; c'est un fameux cadeau qu'ils me font là. Mes habits sont complètement usés et je me demandais chaque soir comment je ferais pour les remplacer. »

« Pendant trois ans, le petit Constant continua son métier, déployant toujours le même zèle et la même activité.

« Un jour, il vint, vêtu proprement, et annonça à ses amis qu'il partait pour Paris.

« Un marchand à qui il revendait sa ferraille lui offrait une bonne position chez lui et il l'avait acceptée.

« — Cela va te paraître dur d'être chez les autres, toi qui as toujours vécu comme un moineau franc, lui dit Madeleine.

« — Les premiers temps, cela me

coûtera, c'est vrai, mademoiselle, mais il faut toujours faire des sacrifices quand on veut arriver à quelque chose. »

— Et est-il arrivé, demandèrent les deux enfants ?

— Oui, il est aujourd'hui l'associé d'une des plus grandes maisons de quincaillerie de Paris. Il en sera probablement seul propriétaire d'ici à peu de temps, car il a épousé la fille de son patron.

TABLE DES MATIÈRES

Paris. — Imprimerie P. Mouillot, 13, quai Voltaire.

www.ingramcontent.com/pod-product-compliance
Ingram Content Group UK Ltd.
Pitfield, Milton Keynes, MK11 3LW, UK
UKHW021033180726
13838UKWH00004B/1781

9 782329 330013